DISCOURS

PRONONCÉS
DANS L'ACADÉMIE
FRANÇOISE,

Le Jeudi XXVI Février M. DCC. LXXXIV,

A LA RÉCEPTION

DE M. BAILLY.

A
L'IMMORTALITÉ

A PARIS,

Chez DEMONVILLE, Imprimeur-Libraire de l'Académie
Françoise, rue Chriftine, aux Armes de Dombes.

M. DCC. LXXXIV.

M. BAILLY ayant été élu par Messieurs de l'Académie Françoise, à la place de M. le Comte DE TRESSAN, y vint prendre séance le Jeudi 26 Février 1784, & prononça le Discours qui suit.

MESSIEURS;

LORSQUE vous daignez remplir le vœu que j'avois formé depuis long-temps, le vœu que j'ai réitéré avec une constance proportionnée à son objet, j'ai une trop haute idée du Corps respectable où je suis admis, pour attribuer à sa seule indulgence la grâce qui doit émaner de sa justice. Je suis loin cependant d'écouter une préfomption qui n'eft pas dans mon caractère : mais, pénétré de l'honneur que vous me faites, je penfe que votre choix m'en a déclaré digne ; je penfe fur-tout qu'il me donnera des forces pour foutenir le titre que vous m'accordez. Il eft dans notre nature, de s'enflammer par d'illuftres exemples. En prenant place parmi vous, Messieurs, on fe trouve au milieu des hommes les plus éclairés & des Ecrivains les plus célèbres. Eh ! qui ne feroit pas faifi d'enthoufiafme comme de refpect, en entrant dans cet afile des talents & du génie, dans ce fanctuaire des Lettres, où vit à jamais la mémoire de vos auguftes Prédéceffeurs, les auteurs des premiers chefsd'œuvre, les fondateurs de la folide gloire de la Nation ? Sans doute leurs Ombres fe plaifent dans ces murs témoins de leurs fuccès ; leur influence y eft communiquée de race en race. Vous en êtes les dépofitaires, vous, Messieurs, les héritiers & les enfants de leur génie ; & vous agrandiffez les hommes, en difpenfant les titres de cette noble famille.

Dans la longue fucceffion de ces Ecrivains qui ont honoré leur Patrie, le deuil a fouvent affligé les Lettres, & ces voûtes ont retenti de vos regrets. Vous déplorez aujourd'hui deux pertes que vous faites à-la-fois : l'une, de M. d'Alembert, dont vous venez d'entendre célébrer dignement la mémoire ; l'autre, de M. de Treſſan, que j'ai l'honneur de remplacer. Préſenté & admis dans ſa vieilleſſe, il a peu joui de l'honneur de ſiéger parmi vous, MESSIEURS. C'eſt preſqu'au bord du tombeau que vous l'avez couronné, & on pourroit dire que c'eſt le chant du cygne qui vous l'a fait reconnoître. La guerre, les Cours & différens Emplois avoient ſucceſſivement occupé la plus grande partie de ſa vie. Son bonheur fut de vivre dans ces Cours mêmes, avec ce qu'elles offroient & de plus inſtruit & de plus aimable ; d'abord à la Cour de Verſailles, enſuite à celle de Lunéville, auprès d'un Prince éclairé, d'un Prince ami des hommes & bienfaiteur de ſon Peuple.

M. de Treſſan, preſque contemporain de Voltaire & témoin de la longue vieilleſſe de Fontenelle, eut l'avantage d'être lié avec ces deux Hommes célèbres. Il s'honoroit d'avoir été leur diſciple, & on peut croire que l'Auteur des Mondes n'auroit pas déſavoué l'Ecrivain de l'Amadis.

Dans cette Société où Voltaire montroit un génie ſi vaſte & Fontenelle un eſprit ſi facile, M. de Treſſan reſſentit l'influence de l'exemple. Il fit avec le même ſuccès, tantôt des Vers pleins d'eſprit & de grâce, tantôt des Diſcours élégants dans les diffé-

rentes Académies qui l'ont adopté ; enfin des mor-
ceaux de Philosophie pour l'instruction de ses enfants ;
& lorsque leur éducation fut achevée, ayant reçu
de leur amour & du sien une nouvelle vie, il porta
tout ce qui lui restoit d'existence dans l'étude &
dans la culture des Lettres.

Un Ouvrage périodique, commencé il y a quelques
années, & dont il a fait en partie la fortune, l'en-
gagea à entreprendre les extraits de quelques-uns
de nos anciens Romans. Il tenta de les rajeunir, sans
leur rien ôter des grâces de leur naïveté : & cette
entreprise fut heureuse, car la Nature l'avoit fait
ingénieux & fin ; mais elle lui avoit donné cette
naïveté précieuse qui sert de voile à la finesse, &
qui la rend plus piquante. Il usa même d'une super-
cherie dont il doit être loué, en présentant pour
un extrait rajeuni, un Roman tout neuf où il eut
l'art de tromper & le bonheur de plaire. La première
Partie de ce Roman eut un succès prodigieux. Il
s'agissoit d'un enfant élevé dans une caverne par une
ourse : le fait est peut-être hors de la vraisemblance ;
mais il faut bien qu'on y croie, puisqu'il intéresse.
Tel est l'art de l'Ecrivain ! il crée à volonté les faits,
il les pare des couleurs de son imagination, il les
rend vrais par la vérité des détails. Ces détails sont

ce que nous connoiſſons le mieux, & ce qui nous touche davantage ; on juge comme l'Auteur le veut, quand on eſt ému, & il force la croyance par la ſenſibilité.

Ce don de la Nature, le talent d'écrire, eſt auſſi rare qu'il eſt précieux. Un Philoſophe, un Obſervateur des mœurs & des opinions des hommes, peut avoir médité, beaucoup penſé & beaucoup écrit, ſans avoir un ſtyle, ou du moins un ſtyle qui lui appartienne. Il en eſt des ſtyles comme des hommes : beaucoup d'individus, & peu de caractères, c'eſt l'hiſtoire de la Société ; beaucoup d'Ecrivains, & peu d'Ecrivains originaux, c'eſt l'hiſtoire de la Littérature. Combien d'Auteurs, aſſociant & bigarrant les ſtyles, rediſent les phraſes de nos bons Ecrivains, comme les Modernes compoſent en latin avec les expreſſions de Cicéron & de Térence !

Nous naiſſons tous pour l'imitation ; nous commençons tous par elle. Ce qui diſtingue l'Ecrivain né avec un vrai talent, c'eſt qu'il finit par n'avoir d'autre maître que ſon génie, & d'autre modèle que la Nature : au lieu que l'Ecrivain ſans caractère, n'ayant que des copies ſous les yeux, imitant tout, étant tout, hors lui-même, ne réunit jamais dans ſes Ecrits cette propriété conſtante du ſtyle, qui eſt la marque de l'originalité, & cette vérité de couleur, qui eft l'expreffion de l'ame. Toutes nos compofitions ne doivent être que le tableau de notre ame : elle s'y peint quels que foient les fujets ; elle y porte, ou fa grandeur, ou fes foibleffes ; & malheur à l'Ecrivain de qui on n'affignera pas le caractère fur fes Ouvrages !

M. de Treffan, quoiqu'il ait écrit tard, quoiqu'il n'ait fait peut-être que fe laiffer entrevoir, a montré un talent naturel & un ftyle qui avoit un caractère. Ce caractère précieux aux gens de goût, & fur-tout à des François, étoit la grâce.

La Grâce, fille de la Nature & compagne de la Vérité, réfide dans le ftyle, quand il eft ingénu & fans effort ; elle fuit la recherche & l'exagération. Ce qui eft élevé doit être préfenté fous une expreffion fimple ; ce qui eft ingénieux doit paroître échapper à la naïveté. La grâce femble l'attribut des vertus les plus touchantes, l'innocence, la candeur, la fincérité : & il ne faut pas s'étonner fi elle a tant de droits pour nous plaire ; il ne faut pas s'étonner fi elle s'éloigne de nous, à mefure que nous nous éloignons de ces vertus des premiers temps.

Le ftyle Gaulois a de la grâce, parce qu'il eft naïf ; & il tient cette naïveté, de la fimplicité des

moeurs

mœurs antiques. M. de Treffan les étudia dans nos vieux Romans, qui en font les dépofitaires. Il fentit que fon talent étoit de peindre ces mœurs ; fon ftyle en reçut l'empreinte, & il tranfporta dans notre langue perfectionnée, le ton naïf & la grâce naturelle du langage Gaulois. Nous ne pouvons peindre que ce que nous fommes capables de fentir & d'aimer. On voit par la Traduction de la charmante Hiftoire de Saintré, & par celle de l'Amadis, que les inclinations de M. de Treffan l'auroient porté vers les mœurs chevalerefques des anciens temps de notre Monarchie, temps illuftrés par l'héroïfme de la valeur & de l'amour ; la gloire & la beauté en étoient les idoles. Ce furent celles de M. de Treffan, & il les chanta comme Anacréon, qui, couronné de myrte & chargé d'années, chantoit l'Amour en facrifiant aux Grâces, avec cette différence que le Vieillard François, malade & tourmenté de la goutte, a déployé les premiers & les derniers efforts de fon talent au milieu de ces fouffrances. C'eft dans ces moments de douleurs, & prefque fans fortir de fon lit, qu'il a entrepris la Traduction de l'Ariofte, achevée en moins de dix mois. Le défir d'obtenir vos fuffrages, MESSIEURS, a excité fes efforts ; & fi la celérité & la facilité du travail ont laiffé des défauts dans

B

cet Ouvrage, il faut admirer le Vieillard qui con-
fervoit tant de force & d'ardeur, & de qui le talent
maîtrifoit l'âge & la maladie. La gaieté Françoife avoit
alors le même effet que le ftoïcifme : le mal n'attei-
gnoit pas l'efprit de M. de Treffan ; fa tête reftoit
libre, & fon imagination étoit riante. Il peignoit
les hauts faits d'armes, comme un François qui fent
qu'il eft né pour s'y diftinguer : il peignoit l'Amour,
comme un homme qui fe plaît à s'en fouvenir.

Mais l'Amour dont il nous traça la peinture, te-
noit encore aux mœurs antiques ; c'étoit l'Amour
affocié à la Gloire, ennobli par elle, & réuniffant
les deux cultes, de l'Honneur & de la Beauté. Cette
aimable galanterie eut les beaux jours de fon règne
dans le fiècle dernier, dont M. de Treffan refpira
encore l'influence ; & dans fes entretiens, comme
dans fes Écrits, il joignit les moyens de plaire des
Cours de Louis XIV & de Staniflas, aux agréments
d'un efprit formé par les leçons de Voltaire & de
Fontenelle.

M. de Treffan n'avoit pas entendu Fontenelle
fans prendre du goût pour les Sciences. Il les avoit
cultivées ; & long-temps avant d'être admis parmi
vous, MESSIEURS, il avoit été reçu à l'Académie
des Sciences. C'eft donc un de mes anciens Con-

frères dont j'ai l'honneur de vous entretenir ; & la Séance où nous fommes, où j'ai le bonheur d'af-fifter pour la première fois, offre une circonftance très-remarquable. M. d'Alembert & M. de Treffan que vous regrettez, étoient tous deux de l'Académie des Sciences ; j'ai l'avantage d'appartenir à cette Compagnie, & celui d'être reçu dans la vôtre par un de mes Confrères, aujourd'hui votre digne Organe.

Ce concours eft peut-être unique dans votre Hif-toire. C'eft un effet de l'union qui doit fubfifter entre deux Corps illuftres, & une preuve des rap-ports intimes que les Sciences ont avec les Lettres. C'eft donc à tort qu'on a penfé quelquefois, que les travaux des Sciences ne pouvoient donner le mérite littéraire. Je m'autorife, MESSIEURS, de ce concours fingulier & remarquable, pour combattre cette idée.

En effet, que feroient l'Eloquence, la Poëfie & l'art précieux d'écrire, fans la connoiffance des faits ? Quels font les objets de vos travaux ? l'homme & la Nature. Mais fi l'Hiftoire & l'expérience vous font connoître l'homme, ce font les Sciences qui l'ont agrandi, & qui l'ont conftitué ce qu'il eft ; ce font les Sciences qui ont reconnu & approfondi la Na-ture. Sans doute l'Eloquence & la Poëfie appartien-

B 2

nent à l'homme ; elles naiſſent avec lui , avec ſes paſſions. Le Sauvage , fortement remué, peut être auſſi éloquent que Boſſuet ; les Celtes ont été Poëtes, & au Nord de l'Angleterre les anciennes Muſes nous parlent encore dans les Poëmes d'Oſſian. Il n'en eſt pas de même des Sciences ; elles ne ſont point attachées au phyſique de l'homme. Il eſt né ignorant ; les Sciences ſont des domaines qu'il a acquis. L'eſprit humain s'eſt étendu , s'eſt élevé avec elles. Cette croiſſance n'a peut-être pas de bornes : c'eſt une mer qui recule ſes rivages , & qui , ſans ceſſer d'être une, s'agrandit par ſes conquêtes. L'eſ-prit humain eſt aujourd'hui la ſomme des idées de vingt ſiècles & de vingt Peuples qui ſe ſont ſuc-cédés, & avec cette force acquiſe , il a par-tout inventé les Arts , poli le langage , multiplié les jouiſſances , modifié le phyſique même , en rendant les ſenſations plus délicates. Alors le goût s'eſt montré dans les productions des Arts ; alors l'Eloquence, en conſervant ſon puiſſant caractère , a pris des mouvements plus meſurés & des formes plus agréa-bles ; la Poëſie eſt devenue plus riche & plus nom-breuſe , & elle a pu choiſir ſes expreſſions & ſes images.

Tous ces progrès ſont votre ouvrage , MESSIEURS ;

ce font les bienfaits des hommes de génie qui ont été & qui font parmi vous : mais nous vous avons entendus , admirés , nous avons imité vos efforts & fuivi vos progrès. Nous avons reçu de vous la Langue , & vous nous avez enfeigné à nous en fervir. On a porté dans les Sciences la fineffe de l'efprit , les grâces de l'imagination , & les Sciences vous ont donné Fontenelle. On a fait le dénombrement de nos connoiffances , expofé dans un langage clair & méthodique , développé par une philofophie fage & lumineufe , & les Sciences vous ont donné d'Alembert. Enfin , on a été éloquent , magnifique , varié , comme les chefs-d'œuvre du monde phyfique ; & les Sciences vous ont donné l'Hiftorien & le Peintre de la Nature , qui laiffera une grande copie , auffi vivante & auffi durable que fon modèle.

Vous rendrez témoignage à ces vérités , vous , MONSIEUR , qui êtes un des préfents que l'Académie des Sciences a faits à cette Compagnie. Vous direz avec moi que l'éclat des Lettres rejaillit fur les Sciences ; que le ftyle perfectionné les rend plus acceffibles & plus intéreffantes : & vous direz en même temps que les Sciences donnent à l'efprit d'une Nation plus de profondeur & d'énergie pour la culture des Lettres. Tout eſt enchaîné dans la Société comme dans la Nature ; les Sciences & les Lettres doivent être unies par les mêmes honneurs & par les mêmes récompenſes.

Ce que les Sciences peuvent ajouter aux privi‑ léges de l'eſpèce humaine , n'a jamais été plus marqué qu'au moment où je parle. Elles ont acquis de nouveaux domaines à l'homme. Les airs ſem‑ blent lui devenir acceſſibles comme les mers , & l'audace de ſes courſes égale preſque l'audace de ſa penſée. Le nom de Mongolfier , ceux des hardis Navigateurs de ce nouvel Elément, vivront dans les âges ; mais qui de nous , au ſpectacle de ces ſu‑ perbes expériences , n'a pas ſenti ſon ame s'élever, ſes idées s'étendre , ſon eſprit s'agrandir? Cette im‑ preſſion eſt le ſentiment d'une nouvelle force que l'eſprit humain a reçue : il la tient de l'effort & de l'élan même de l'invention ; & cette force ſera tranſ‑ miſe à ceux qui dans leurs Ecrits célébreront ces merveilles.

Votre illuſtre Protecteur, MESSIEURS, eſt éga‑ lement le Protecteur des Sciences. Il a récompenſé, & l'auteur de la découverte, & les auteurs des pro‑ grès de l'invention. Il ordonne un monument pour fixer cette époque , mémorable dans l'Hiſtoire de l'efprit humain, & peut-être dans l'Hiftoire politique. Quelles font donc les brillantes deftinées de ce Monarque ! Après avoir affuré l'exiftence d'un Peuple généreux dans un autre hémifphère, après avoir établi la liberté des mers ; au moment où le Temple de Janus fe ferme, où l'Hiftoire femble réduite au filence, dans des jours de bonheur, mais tranquilles & fans éclat, une étonnante découverte vient réveiller la Renommée, & marquer d'un trait de lumière ces jours obfcurs de nos loifirs.

Vous, MESSIEURS, chargés de confacrer les vertus du Roi, de dire à la Poftérité les faits de fon Règne, vous peindrez un Monarque bienfaifant & jufte, une augufte Princeffe faifant les délices d'une Nation fenfible, & les Sciences unies aux Lettres, mêlant leur gloire pure & durable à la gloire momentanée des armes, & pofant dans la paix les vrais fondements de la mémoire que laiffent après eux & les hommes qui éclairent les Nations, & les Souverains qui les rendent heureufes.

Réponfe de M. le Marquis DE CONDORCET, Directeur de l'Académie Françoife, au Difcours de M. BAILLY.

MONSIEUR,

UNI avec vous depuis quinze ans par les liens de la Confraternité, je me trouve heureux, dans ce moment, d'avoir à féliciter l'Académie qui vient de vous adopter, & de pouvoir lui répondre qu'elle trouvera dans vous ces vertus douces & fimples, ce caractère facile mais fûr, qui attirent l'amitié en captivant la confiance ; un zèle conftant pour fervir l'humanité par des travaux utiles, ou la foulager par une bienfaifance noble & éclairée ; enfin la réunion de l'amour des Lettres & de l'étude, avec cette modeftie fincère qui fe fait pardonner les talents & les fuccès.

Dès vos premières années vous avez parcouru d'un pas égal la carrière paifible des Sciences, & la carrière plus brillante, mais plus épineufe, de l'Eloquence & de la Littérature. De la même main qui a calculé les mouvements fi compliqués de ces aftres

de

de Médicis, dont, il y a deux siècles, on ne soup-
çonnoit pas même l'exiſtence, vous avez tracé un
Eloge de Leibnitz, couronné par une ſavante
Académie. Elève de l'Abbé de la Caille, vous avez
rendu un hommage touchant à la mémoire du Maître
qui avoit guidé vos premiers pas dans l'étude des
Mathématiques. Cette Hiſtoire, où vous avez expoſé
l'origine & la marche d'une Science aux progrès
de laquelle vous avez contribué, a occupé ceux
même à qui l'Aſtronomie eſt étrangère, & qui,
entraînés par le plaiſir de vous lire & de ſuivre vos
idées, ſe ſont inſtruits ſans le vouloir, & preſque
malgré eux.

Dans la dernière partie de cette Hiſtoire, vous
vous étiez impoſé une tâche bien difficile, celle
d'apprécier les Ouvrages de Savants qui exiſtoient
encore, & vous l'avez remplie avec juſtice, avec
impartialité même, ſi jamais ce mot peut convenir
à des hommes. On aperçoit à chaque page le plaiſir
que vous éprouvez à reconnoître, à encourager,
à célébrer le véritable talent ; & vous avez eu le
mérite bien rare, de faire réuſſir un Ouvrage où beaucoup d'hommes vivants ſont loués.

Vos Lettres ſur l'Atlantide ont eu un avantage
réſervé preſque uniquement aux Romans & aux

C

Pièces de Théâtre, celui d'avoir pour Lecteurs tous ceux qui favent lire. Vous y établiffez votre opinion avec tant d'adreffe, vous l'avez tellement embellie par des détails ingénieux, qu'on a de la peine à s'empêcher de l'adopter. On eft de votre avis tant qu'on a votre Livre entre les mains, & il faut le quitter pour avoir la force de fe défendre contre vous. En interprétant Platon, vous l'avez imité dans l'art heureux de faire aimer les opinions que vous voulez établir ; & fi votre fyftême a jamais le fort qu'ont éprouvé tant d'autres opinions, & dont le nom ou le génie de leurs Auteurs n'ont pu les préferver, votre Ouvrage fera plus heureux, & la Poftérité vous pardonnera votre Peuple hyperboréen, comme elle a pardonné les atomes à Lucrèce, & les tourbillons à l'Auteur de la Pluralité des Mondes.

Il eft poffible même que ces fyftêmes, mêlés avec art à des vérités importantes, aient quelquefois une utilité réelle. Ils peuvent infpirer le goût de l'inftruction à ces efprits que l'incertitude, le doute, la méthode lente & rigoureufe des Sciences exactes, fatiguent ou rebutent. On a dit qu'il falloit des fables aux hommes pour leur faire fupporter la vérité, & ces opinions fyftématiques font peut-être la feule mythologie qui convienne, à des fiècles éclairés.

M. le Comte de Treffan, que vous remplacez parmi nous, uniffoit comme vous les Sciences & les Lettres : il eut le courage de les cultiver au milieu de toutes les illufions de la jeuneffe, de l'agitation de la Cour, de la diffipation du monde, du tourbillon des plaifirs. Tandis qu'il immortalifoit dans fes Vers les charmes de l'Actrice célèbre à qui les ennemis d'un grand Homme ont ofé attribuer une partie du fuccès de Zaïre, il écrivoit à Voltaire, à Fontenelle, à Haller, à Bonnet, aux Bernouilli, au Vainqueur de Molwitz, au Philofophe qui a chanté les Saifons; il méditoit les Ouvrages des Savants, il jetoit fur la Nature un regard obfervateur. Chaque jour, quelques heures enlevées au plaifir étoient confacrées à l'étude, & il en a reçu la récompenfe ; les Lettres ont été la confolation de fa vieilleffe.

Dans un âge où les hommes les plus actifs commencent à éprouver le befoin du repos, il devint un de nos Ecrivains les plus féconds & les plus infatigables. Il publia ces Contes où des tableaux voluptueux n'alarment jamais la décence ; où une plaifanterie fine & légère répand la gaieté au milieu

C 2

des combats éternels & des longs amours de nos Paladins. Le naturel des fentiments & des images, fait oublier le merveilleux des aventures. Rajeunis par lui, nos anciens Romanciers ont de l'efprit & même de la vérité ; leur imagination vagabonde n'eſt plus que riante & folâtre. Enfin l'Ariofte lui-même n'a perdu entre les mains de M. de Treffan, que ce qu'un grand Poëte eſt condamné à perdre dans une Traduction en profe.

La vieilleffe eſt peut-être l'âge de la vie auquel ces ingénieufes bagatelles conviennent le mieux, & où l'on peut s'y livrer avec moins de fcrupule & plus de fuccès. C'eſt lorfqu'on eſt défabufé de tout, qu'on a le droit de parler de tout en badi-nant. C'eſt alors qu'une longue expérience a pu enfeigner l'art de cacher la raifon fous un voile qui l'embelliffe, & permette à des yeux trop délicats d'en foutenir la lumière ; c'eſt alors qu'indulgent fur les erreurs de l'humanité, on peut les peindre fans humeur & les corriger fans fiel.

On n'a plus la force de fuivre la vérité qui fe dérobe à notre foibleffe ; les traits profonds qui pei-gnent les paffions, échappent à une ame qui n'en conferve plus que des fouvenirs prefqu'effacés. La réalité n'offre à la vieilleffe que des regrets ;

c'eſt dans. un monde idéal , qu'elle doit chercher
à exiſter. La jeuneſſe pourſuit trop ſouvent avec
ardeur des chimères. ſérieuſes que ſon imagination
réaliſe : pourquoi n'excuſerions-nous pas la vieilleſſe
lorſqu'elle s'amuſe avec des Contes , & qu'elle cher-
che à jouir un moment de leurs douces & paſſa-
gères illuſions ?

M. le Comte de Treſſan étoit depuis long-temps
Aſſocié libre de l'Académie des Sciences ; & ces
deux Compagnies ont toujours vu naître avec plaiſir
l'occaſion de reſſerrer par de nouveaux liens cette
union utile à toutes deux. Vous venez de nous
montrer combien l'Eloquence & la Littérature peuvent devoir de beautés à l'étude approfondie de
l'homme & de la Nature ; mais combien auſſi les
Sciences peuvent-elles avoir d'obligation à l'étude
des Lettres ! La méthode de ſe former des idées
juſtes, eſt liée à l'art de s'exprimer avec préciſion ;
la clarté de nos idées dépend de l'exactitude du
ſens que nous attachons à leurs ſignes : nous n'avons
même d'idées bien préciſes, que celles dont nous
avons fixé l'étendue en les déſignant par un mot.
Ce n'eſt pas ſeulement en parlant , en liſant , en
écrivant , que nous ne ſéparons point nos idées du

mot qui les exprime ; cette liaifon fe fait fentir dans nos méditations & dans nos recherches. Les idées que nous combinons pour nous élever à des vérités nouvelles , ne fe préfentent à l'efprit qu'accompagnées du figne que l'habitude ne nous permet plus d'en féparer ; & la perfection de la langue de chaque Science , contribue , plus qu'on ne l'imagine , à y rendre les découvertes plus promptes & plus faciles.

Long-temps on a paru croire que l'étude des Sciences étoit contraire au goût dans les Lettres , tandis qu'un autre préjugé faifoit craindre pour les Sciences , la diftraction où peut entraîner l'amour de la Littérature, & la facilité que donne l'art d'écrire pour faire valoir de petits objets ou voiler les défauts d'un Ouvrage. Votre exemple , MONSIEUR, eft une réponfe de plus qui doit fervir à prouver combien de pareilles craintes font chimériques. Si ces préjugés, chers à quelques Littérateurs ignorants & à quelques Savants médiocres , n'ont pour caufe que la répugnance avec laquelle ils confentiroient à reconnoître dans un feul homme une double fupériorité, votre caractère peut encore les défarmer ; & , par une exception honorable, vous échapperez fans doute à la profcription que la médiocrité a prononcée contre tous ceux qui ofent embraffer deux genres fi éloignés en apparence , & ont le bonheur dangereux & rare de réuffir dans tous deux.

www.ingramcontent.com/pod-product-compliance
Lightning Source LLC
Chambersburg PA
CBHW061509170626
46811CB00004B/1672